KB182560

the bears' school

꼬마 곰 재키의 빵집

글 아이하라 히로유키 그림 아다치 나미 옮김 송지혜

꼬마 곰 유치원의 꼬마 곰은 하나, 둘, 셋, 넷…… 모두 열두 마리.

오늘도 재미있는 하루가 될 거예요.

열두 마리 꼬마 곰 가운데

첫째부터 열한째까지는 모두 남자예요.

셋째는 앤톤, 넷째는 알버트.

나머지 꼬마 곰들의 이름은 나중에 또 알려 줄게요.

막내인 열두째 재키는
하나뿐인 여동생이에요.
가장 어린 꼬마 곰 재키는
가장 장난꾸러기에다 고집쟁이.
그래도 늘 오빠들을 챙겨 주지요.

오늘은 꼬마 곰 유치원에서 물건을 만들어 파는 날이에요.

꼬마 곰들은 오늘을 얼마나 기다렸는지 몰라요.

아주아주 맛있는 빵을 만들어 팔자고

오래 전부터 다 같이 약속했거든요.

땡~! 6시.

빵 만들 준비를 시작해요.

먼저 거북이연못 너머의 숲에 가서

잘 익은 딸기를 바구니 가득 따요.

7시.

꿀벌들이 잠에서 깨기 전에

벌집에서 아주 달콤하고 맛있는 꿀을

조심조심 모아요.

8시.

꼬마 곰 유치원 텃밭에서
둥글둥글 잘 자란 커다란 호박을 따서
영차영차 옮겨요.

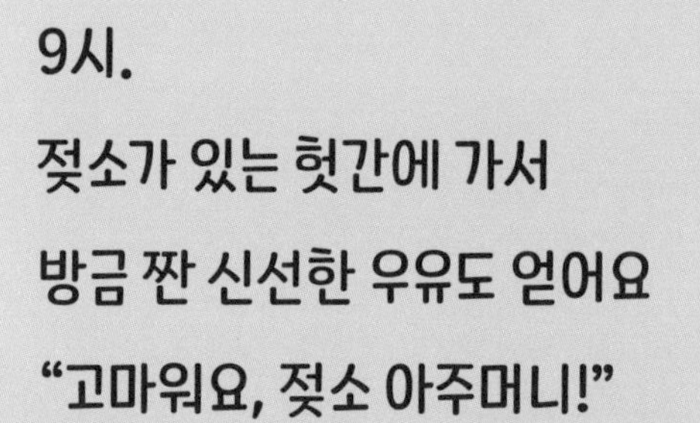

9시.

젖소가 있는 헛간에 가서

방금 짠 신선한 우유도 얻어요

“고마워요, 젖소 아주머니!”

10시.

이제 꼬마 곰 유치원의 맛있는 빵을 만들어 볼까요?

먼저 커다란 호박을 폭폭 삶아 으깨고,

버터, 우유, 흑설탕을 넣어요. 벌꿀도 듬뿍 넣고요.

밀가루, 베이킹파우더, 딸기도 넣고 골고루 천천히 섞어요.

"휴우, 힘들어!"

11시.

마지막으로 커다란 오븐 안에 넣고 한 시간 동안 구워요.

달콤한 빵 냄새가 솔솔 퍼지면…….

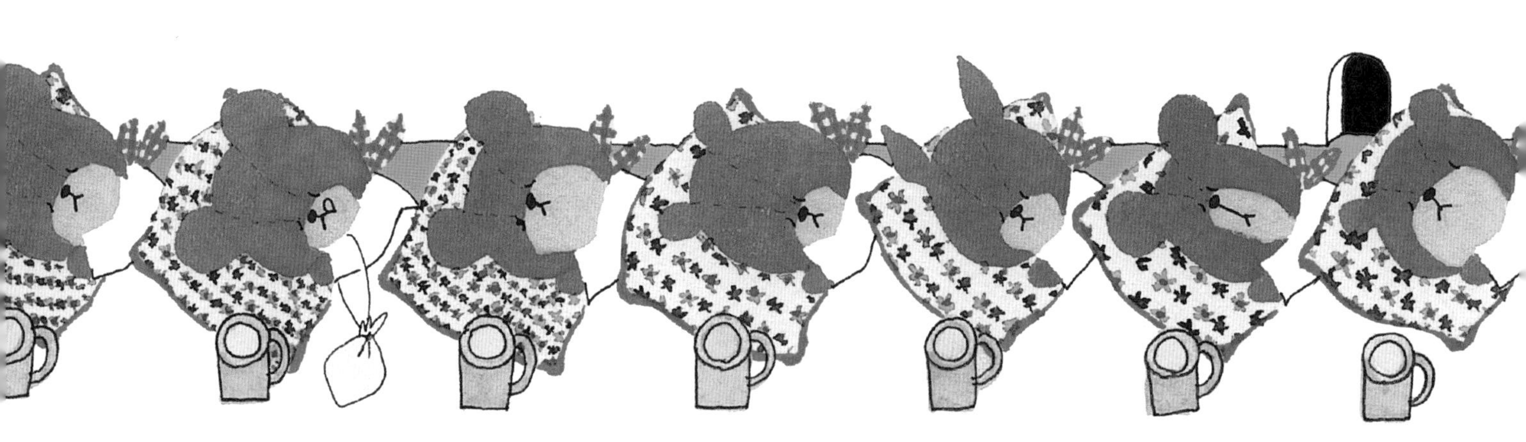

땡~! 12시.

드디어 맛있는 빵 완성!

앗! 그런데…….

털썩!

어유, 이를 어째요? 장난꾸러기 재키 때문에

소중한 빵이 납작해 졌어요!

“이런 빵은 아무도 사 가지 않아.”

오빠 곰들은 화가 잔뜩 났어요.

하지만 재키는 아무렇지 않아요.

“괜찮아. 다들 걱정하지 마.”

그러고는 씩씩하게

커다란 빵을 들고

유치원 밖으로 팔려 나가요.

Bears
Foods

MENU
Peanut
Butter
Cookie
Yum
-YuM

꼬마 곰 유치원의 꼬마 곰들이 만든 빵.

벌꿀이 듬뿍 들어간 달콤하고 맛있는 빵.

조금 납작해 졌지만 맛은 좋아요.

'자, 이제 팔아 볼까?'

"빵 사세요! 빵 사세요!"

꼬마 곰 재키가 큰 소리로 외쳐요.

하지만 손님은 한 명도 오지 않아요.

문득 빗방울이 톡, 톡 떨어져요.

그래도 재키는 계속 외쳐요.

“빵 사세요!”

꼬마 곰 유치원의 꼬마 곰들이 만든 빵.

벌꿀이 듬뿍 들어간 꼬마 곰표 빵.

“깜짝 놀랄 만큼 맛있는 빵이에요.

그러니까 좀 사 가세요.

제발…….”

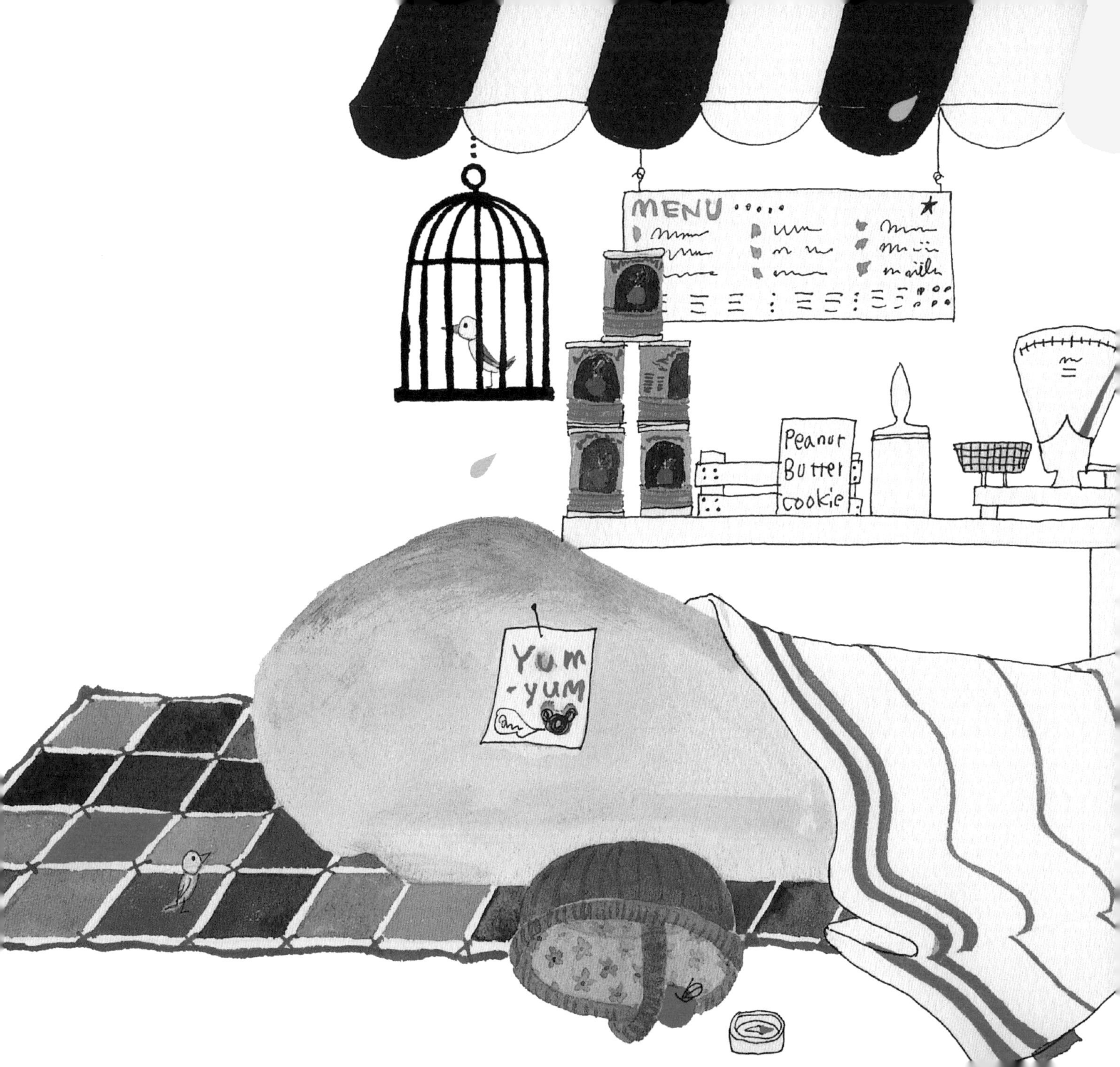
MENU
Peanut Butter cookie
Yum-yum

비가 점점 세차게 쏟아지고
재키도 그만 기운이 쭉 빠졌어요.
오늘은 낮잠도 한숨 자지 못했으니까요.

그때 어디선가 목소리가 들려와요.
"이 빵 주세요."
꼬마 곰 재키는 귀를 기울여요.
이번에는 똑똑히, 여럿이 말하는 소리가 들렸어요.
"이 빵 주세요!"

재키가 고개를 들어 보니, 열한 마리 오빠 곰들이

손님이 되어 줄 서 있지 뭐예요?

"와~아~앙!"

재키는

부끄럽기도 하고, 고맙기도 해서

그만 울음을 터뜨렸어요.

장난꾸러기 재키는
곧 기분이 좋아져 방긋 웃어요.
꼬마 곰들은 직접 만든 빵을
다 같이 나눠 먹어요.
사실은 모두 무지 배가 고팠거든요.
세상에 이렇게 맛있을 수가!

유치원으로 돌아왔더니
커다란 선물 상자가 놓여 있어요.
다 같이 상자를 열어 보니
아주아주 포근한 이불이 들어 있네요.

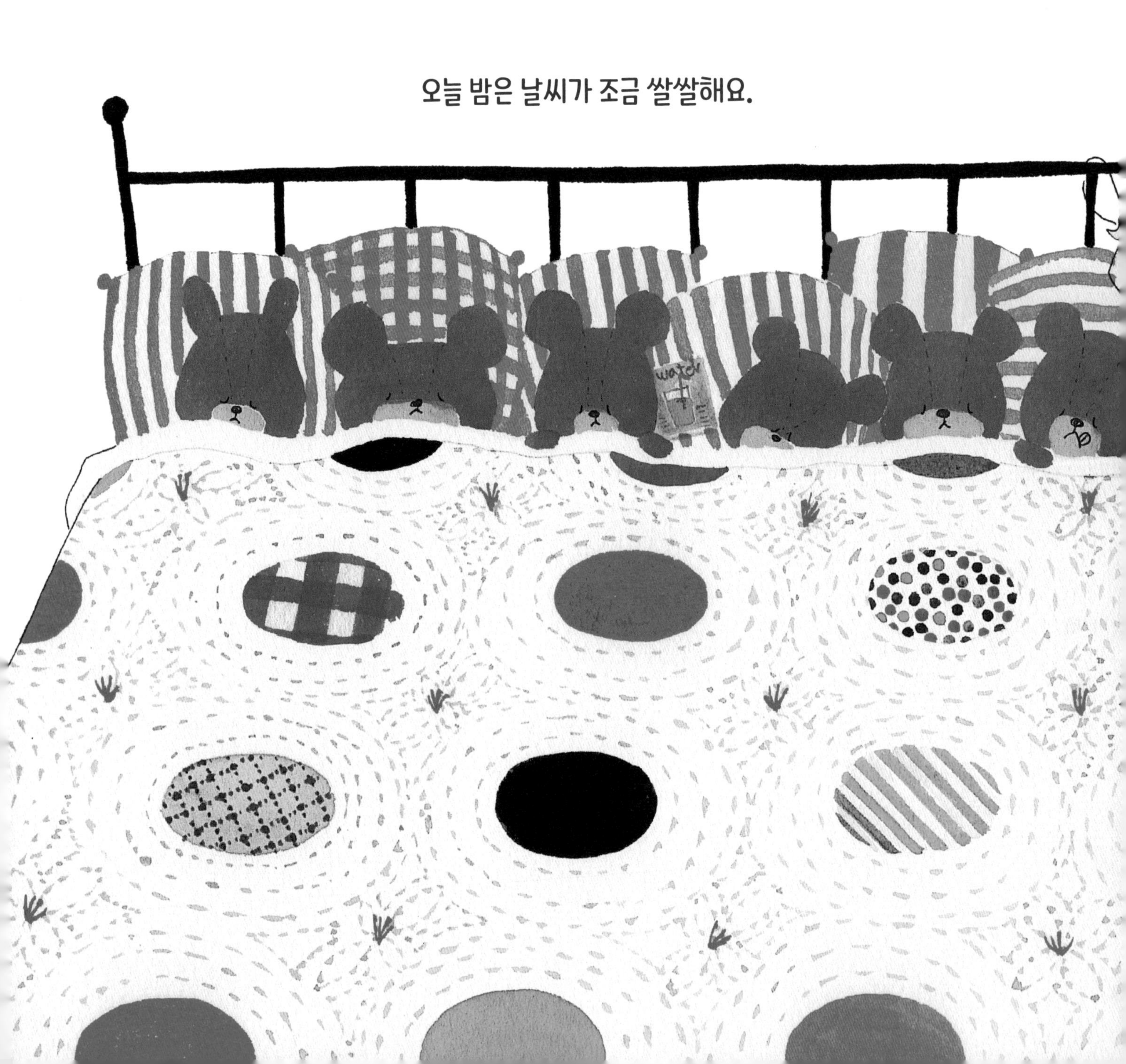

오늘 밤은 날씨가 조금 쌀쌀해요.

하지만, 꼬마 곰들은 모두 따뜻한 이불 속에서 새근새근 잠이 들었답니다.

글 **아이하라 히로유키**
아이가 다니는 유치원 친구들을 보고 〈the bears' school〉 시리즈를 쓰기 시작하였습니다.
쓴 책으로는 《꼬마 곰 재키와 유치원》, 《꼬마 곰 재키와 빵집》, 《꼬마 곰 재키의 자전거 여행》, 《꼬마 곰 재키의 빨래하는 날》,
《꼬마 곰 재키의 생일 파티》, 《꼬마 곰 재키의 운동회》, 《내 이름은 오빠》, 《넌 동생이라 좋겠다》 등이 있습니다.

그림 **아다치 나미**
타마미술대학에서 공부하고 그림책 작가와 디자이너로 일합니다.
그린 책으로는 《꼬마 곰 재키와 유치원》, 《꼬마 곰 재키와 빵집》, 《꼬마 곰 재키의 자전거 여행》, 《꼬마 곰 재키의 빨래하는 날》,
《꼬마 곰 재키의 생일 파티》, 《꼬마 곰 재키의 운동회》, 《내 이름은 오빠》 등이 있습니다.

옮김 **송지혜**
부산대학교에서 분자생물학과 일어일문학을 전공했으며, 고려대학교 대학원에서 과학언론학을 전공했습니다.
현재 어린이를 위한 책을 쓰고 옮기고 있습니다. 《수군수군 수수께끼 속닥속닥 속담 퀴즈》, 《또래퀴즈 : 공룡 퀴즈 백과》, 《매직 엘리베이터: 바다》 등을 쓰고,
《어린이를 위한 마음 처방》, 《괴물의 집을 절대 열지 마!》, 《호기심 퐁퐁 자연 관찰: 나비의 한 살이》, 《깜짝깜짝 세계 명작 팝업북 잠자는 숲속의 공주》 등의 책을 옮겼습니다.

the bears' school
꼬마 곰 재키의 빵집

글 아이하라 히로유키 **그림** 아디치 나미 **옮김** 송지혜

1판 1쇄 인쇄 2024년 8월 27일
1판 1쇄 발행 2024년 9월 9일

펴낸이 김영곤 **펴낸곳** ㈜북이십일 아울북
TF팀 김종민 신지예 이민재
출판마케팅영업본부장 한충희 **마케팅3팀** 정유진 백다희 **출판영업팀** 최명열 김다운 권채영 김도연
편집 꿈틀 이정아 **디자인** design S **제작 관리** 이영민 권경민

출판등록 2000년 5월 6일 제406-2003-061호
주소 (우 10881) 경기도 파주시 문발동 회동길 201
연락처 031-955-2100(대표) 031-955-2709(기획개발)
팩스 031-955-2122 **홈페이지** www.book21.com

ISBN 979-11-7117-720-2 **ISBN** 979-11-7117-710-3 (세트)

the bears' school
Jackie's Bakery